A la orilla del viento...

Mansour, Vivian
El Enmascarado de Lata / Vivian Mansour ;
ilus. de Trino. - México : FCE, 2005
48 p. : ilus. ; 19 x 15 cm - (Colec. A la orilla
del viento)
ISBN 968-16-7672-6

1. Literatura infantil I. Trino, il. II. Ser III. t

LC PZ7 Dewey 808.068 M328e

Primera edición en español: 2005

Carr. Picacho-Ajusco 227,
Col. Bosques del Pedregal,
14200, México, D.F.

Coordinación editorial: Miriam Martínez y Eliana Pasarán
Dirección artística y diseño: J. Francisco Ibarra Meza
Cuidado de la edición: Obsidiana Granados Herrera

www.fondodeculturaeconomica.com

ISBN 968-16-7672-6

Impreso en México / *Printed in Mexico*

Tiraje: 5 000 ejemplares

El Enmascarado de Lata

Vivian Mansour

ilustraciones de

FONDO DE CULTURA ECONÓMICA

PEDICURISTA
ABIERTO

El Enmascarado de Lata

◆ —¡Se los juro que sí es!

—Ay, sí, y yo soy hijo de Supermán.

—Pues mi papá es mejor que el mismísimo Supermán, porque él sí es de este planeta. Les repito que mi papá es... —siempre hacía una pausa dramática antes de decir el otro nombre de mi progenitor— ¡El Enmascarado de Lata!

Me tuve que callar ante las carcajadas de mis compañeros. Mi papá me había dicho mil veces que no anduviera revelando su identidad secreta, pero como yo le decía: ¿de qué sirve ser el hijo del mejor luchador de México si no puedo pregonarlo a los cuatro vientos? De cualquier manera, nadie me cree, pensaba yo amargamente.

Mi papá tenía un nombre conocido por todos: Juan Alvarado; y un oficio público: pedicurista. Esta profesión, dedicada a combatir el pie de atleta y acabar con callosidades provocaba risa, pero yo era testigo de cómo mi padre llegaba cada tarde del pequeño consultorio donde atendía, se quitaba la bata blanca, se daba un regaderazo y en un pequeño maletín introducía una capa refulgente, unas botas doradas, unas mallas bordadas con soles y una máscara dorada que dejaba libres cuatro agujeros para que de ahí emergieran sus ojos, nariz y boca. Mi mamá y yo sabíamos que, cada noche, el gangoso pedicurista que se la pasaba raspando callos durante todo el día se despojaba de su aburrida identidad para transformarse en un poderoso luchador que obligaba a sus vencidos rivales a besarle los pies después de cada combate.

Otra de las razones por las cuales nadie me creía era que mi papá es alto y musculoso, y yo salí tan chaparrito que siempre me tocaba ser el primero en la fila cuando nos acomodaban por estaturas.

—Si en verdad quieres demostrarnos que tú eres hijo de El Enmascarado de Lata, te propongo algo —dijo retadoramente Álvaro, el niño que más me molestaba del salón.

—Pide lo que quieras, todo lo puedo cumplir —respondí, muy envalentonado.

—Tráenos la máscara de tu papá una hora antes de su lucha. Como no puede entrar a la arena sin ella sabremos que no has mentido.

—Hecho.

La prueba

◆ Álvaro me retó en medio del patio, justo a la hora del recreo, frente a toda la primaria. Bueno, no me importaba tanto que hubiera mil niños, pero sí que entre los curiosos se encontrara Marifer, la niña que más me gustaba del salón y para la cual yo era prácticamente invisible. Cuando yo llegaba a cruzarme ante su mirada, su preciosa boca se torcía en una mueca, como cuando alguien tiene ganas de vomitar.

Robarme la máscara de mi papá ya era empresa difícil, pero lo peor vendría después: ¿cómo iba mi papá a luchar sin ella? Perdería una función y yo sabía que él no podía faltar a un combate. Era como no ir a la escuela el día del examen. Pero yo abrí mi bocota y acepté la bravuconada porque debo confesar que ya estaba harto de ser un niño más, quería ser diferente, ser "alguien". Además, tenía el arma supersecreta de ser hijo del mejor luchador del pueblo y quería utilizarla. Si finalmente me creían podría gozar de todos los privilegios que siempre se me habían negado: elegirme capitán del equipo de básquetbol, que sustrajeran la mejor torta para ofrecérmela como tributo, que Marifer me respondiera las cartas de amor que deslizaba en sus cuadernos. En fin, tantas cosas…

¿Por qué era tan importante para mi papá que nadie conociera su rostro? ¿Qué le costaba? Si él me pidiera cualquier favor, yo lo haría sin chistar. ¿No se supone que los padres hacen cualquier cosa por sus hijos? Pero cuando le preguntaba, él siempre me decía: "Son razones que nunca entenderás", "qué, ¿no sabes guardar un secreto?" y con esas palabras daba por terminada la discusión.

Llegué de la escuela y observé atentamente todos los movimientos de mis papás. Debía realizar el robo de la máscara con astucia y sigilo. Mi papá guardaba el maletín que se llevaba al gimnasio en un clóset, bajo llave. Pero, mientras se duchaba, el armario quedaba abierto durante unos cinco minutos, así que aproveché ese tiempo para deslizarme en su cuarto, hurgar en el maletín que ya se encontraba sobre la cama, listo para que mi papá se lo llevara cuando terminara su regaderazo. Mis manos temblaban y sentían lo sedoso y, al mismo tiempo, áspero de las telas que formaban el exótico uniforme de mi papá. Traté de controlar mis nervios y encontré la máscara hasta el fondo del maletín. La metí a duras penas en una bolsa del mandado, pero cuando estaba por salir del cuarto con el corazón cabalgando enloquecidamente, escuché pasos que se acercaban. ¡Estaba perdido! No podía esconderme en ningún lado. No me quedó más remedio que salir torpemente. Me topé de manos a boca con mi mamá. Ella detectó de inmediato la bolsa que apretaba contra mi pecho.

—Vaya, por fin se te ocurre recoger la basura de los cuartos como siempre te he pedido. No olvides juntar también la basura de la cocina.

—Sí, mamá —tartamudeé, todavía sin creer en mi buena suerte. Y aproveché para decirle con las orejas coloradas de la emoción—: Me voy directamente a la arena con mis amigos para ver luchar a papá. Nos vemos allá.

—Bueno.

Huelga decir que me fui corriendo con mi bolsa de plástico en la mano. Había quedado de ver a mis retadores una cuadra antes de la Arena Guamazo. Llegué antes que los demás, así que tuve tiempo de sacar la máscara y examinarla a mis anchas, algo que nunca había tenido oportunidad de hacer. ¡Era preciosa! Bordada a mano, a diferencia de las de imitación que vendían en los puestos afuera de la arena. La tela refulgía con el sol y sus brillos te enceguecían. Pero me conmovió aún más cuando la volteé para ver el forro: tenía unas manchas de sudor que amarilleaban lo blanco de la tela, más delgada. Me acordaba perfectamente de la lucha de la semana pasada donde El Enmascarado de Lata se había enfrentado contra El Yeti. Sudó la gota gorda. Pasé los dedos por los bordes que delineaban la nuca. Noté una puntada algo floja. Me acordé de cuando El Terrible Señor Muerte intentó arrancarle infructuosamente la máscara a mi padre. Lo había hecho de manera artera, cuando el encuentro ya había terminado. Por fortuna, El Enmascarado tenía buenos reflejos y asió fuertemente la tela con las manos.

¡Qué hueca y hasta inofensiva se veía, sin el rostro que le daba carne y forma! ¡Qué ganas me daban de ponérmela y jugar a ser El Hijo del Enmascarado de Lata! Pero en ese momento, llegaron mis compañeros y tuve que interrumpir mis fantasías.

—¿La traes? ¿La traes? —me preguntó Álvaro, casi sin aliento.

—Claro —respondí, mirando fijamente a Marifer que venía acompañándolo.

—¿A verla?—dijo la niña de mis sueños.

La saqué con aire triunfal. Dejaron escapar un “oooh” lleno de admiración.

—Está fenomenal —dijo Ricardo, el compinche de Álvaro.

Álvaro, celoso del interés de su amigo y de Marifer, me ordenó de mala manera:

—Déjame ver ese trapo.

—¡Ay no! ¡La vas a manchar con tus dedos llenos de chamoy!—me enojé un poco y le arrebaté la máscara a Marifer con tan mala fortuna que al tironearla se rasgó.

—¡Híjole!, ¿ves lo que hiciste? —exclamé preocupado.

—Yo no hice nada. Vamos a meternos ya a la función. Estoy seguro de que ésa no es la máscara —remató Álvaro.

—Me quedaré con la máscara hasta el final de la lucha —me dijo Marifer, guardándola en su bolsa. Y es que las niñas siempre llevan una bolsa a cualquier lugar, aunque en ella sólo guarden envolturas de dulces y cepillos llenos de pelos.

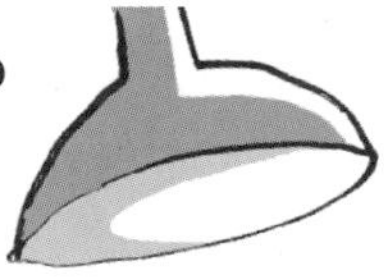

Nos colamos hasta un costado de la entrada principal, donde salen los luchadores antes de enfilarse rumbo al ring. Ése es uno de los lugares más solicitados, porque los admiradores pueden ver de cerca a sus ídolos antes de que entren a pelear y, si ellos están de buenas, hasta pedirles un autógrafo.

Yo había visto a mi papá salir mil veces de ese túnel, ya en su papel de técnico, pero él siempre se hacía el disimulado y no me echaba ni una miradita de complicidad. En el encordado siempre nos ignoraba a mí y a mi mamá. A ella no le molestaba, pero a mí sí. Generalmente, en la lucha libre siempre abren la función parejas de luchadores de menor categoría, reservándose hasta el final el combate más espectacular. El Enmascarado de Lata estaba programado para la última lucha del cartel, así que nos dedicamos a observar embobados a los otros gladiadores. Por fin, el presentador anunció la lucha estelar: "Peleeeaaaraaaaán a tres caídas, sin límite de tiempo, El Enmascarado de Lataaaaaaa contra Magiaaaaaa Negra". A mí me sudaban las manos de la emoción, me

imaginaba a mi papá buscando enloquecido su máscara, revolviendo todas sus prendas en el vestidor del gimnasio y confesándole a su *manager* que iba a perder la función porque no podía presentarse con el rostro descubierto. Esa noche mi papá regresaría triste y corajudo a la casa, sin haber luchado. Esperaba que nunca sospechara de mí. Silencio expectante. Como yo lo imaginé, El Enmascarado no aparecía. El anunciador repitió otra vez su presentación. Todas las miradas se clavaban infructuosamente en la entrada. Nada. Y de repente..., ¡el mismísimo Enmascarado irrumpió triunfal con su máscara característica, corriendo y saludando al público antes de deslizarse en el ring con un quiebre de cintura elegante y lleno de agilidad!

Yo no lo podía creer. Mis acompañantes empezaron a reírse a carcajadas y a burlarse: "¡Sí, aquí está El Enmascaradito!

¡El hijo que trae su máscara! Que paren la pelea". Hasta Marifer se rió.

Busqué con la mirada a mi mamá, que estaba sentada en el lugar de costumbre. Me acerqué a su fila, dejando atrás las burlas de mis compañeros.

—Hola, mamá.

—Hola, hijo. Casi no llegamos, fíjate que tu papá no encontraba su máscara —murmuró.

—Entonces, ¿cómo le hizo?

—Pues tenemos dos máscaras. ¿A poco creías que sólo tenía una? Cuando se ensucia una, se la lavo y la dejo en el tendedero. La de repuesto siempre está limpia y seca.

Yo necesitaba una identidad de repuesto porque, una vez más, había quedado como un tonto.

El cómic

◆ Si ya de por sí ir a la escuela no me entusiasmaba en lo más mínimo, ahora menos. Además de las tareas y los exámenes, me sentía el peor niño de la primaria, el más impopular, y tan feo como las ranas que abríamos en la clase de biología. No tenía amigos y sí muchos dolores de cabeza con Álvaro, Ricardo y Marifer. Mi único consuelo y en lo que me sentía menos malo era dibujando. Sobre todo, cómics. En el papel yo podía inventar cualquier cosa, ser un galán irresistible, ir a la luna y ahí sentirme alguien interesante y especial. Es obvio que uno de mis temas favoritos eran las aventuras de El Enmascarado de Lata y sus rudos rivales.

Los cómics permanecían celosamente guardados en mi mochila. No me gustaba andarlos enseñando a todo mundo. Como que sí se me antojaba presumírselos a alguien pero, al mismo tiempo, me daba miedo que se pudieran burlar de mí. Muchos compañeros me veían dibujar y a veces echaban un vistazo por encima de mi hombro, entonces yo rápidamente

guardaba los papeles y los distraía con alguna pregunta para que no anduvieran fisgoneando. En clase de dibujo siempre sacaba diez, pero eso no quitaba que me muriera de vergüenza cada vez que recibía mi mediocre siete en la clase de deportes. De nada servía ser bueno con el lápiz si uno tenía las piernas tan flacas y lampiñas como un lápiz.

A la hora del recreo, se planeó, como siempre, el robo de la mejor torta para dársela a Álvaro. Éste hostigaba a los más débiles y los obligaba a recolectar varios bocadillos para seleccionar el que le pareciera más apetitoso. Yo siempre me sometía a esta humillación. Todos los demás alumnos me odiaban por doblegarme a sus órdenes, pero después de la pifia del robo de la máscara me sentía aún más presionado. Tenía que hurgar, entre clase y clase, en las mochilas de los compañeros. Algunos ya conocían mis trucos y lograban escaparse de mis esculcadas, pero nunca faltaba el cándido que dejaba su sándwich en algún compartimiento de su mochila.

Esta vez no había encontrado ninguna torta. Metí las manos en todas las mochilas, despreciándome por hacerlo, pero sin la valentía suficiente para rebelarme. Todos ocultaron su *lunch* de manera perfecta. Si no encontraba nada para Álvaro, me daría una buena tunda. Por fin, en la mochila de María Fernanda, que era rosita con un conejo estampado, encontré un bulto prometedor, pero al hundir mi mano en la lonchera, ésta se empapó de algo pegosteoso y desagradable: me había jugado una broma poniendo a mi alcance una torta falsa hecha de pegamento, lodo, cajeta y sabe Dios qué otros ingredientes inenarrables. Escuché a mis espaldas las burlas de mis compañeros y otra vez me calaron hondo, como si las risas fueran algo físico, como si me estuvieran aventando piedras. Al enjuagarme las manos en el baño, me supe el niño más miserable del mundo. Me sentía atrapado en la escuela y no había timbre que me salvara.

Máscara vs cabellera

◆ Todos mis problemas se atenuaron al llegar a casa porque ahí me enteré de un notición. Me senté a la mesa para comer con mis papás, totalmente deprimido. Mi mamá, como siempre, me preguntó: "¿Cómo te fue en la escuela?". Y yo, como siempre, le respondí "Muy bien". Jugueteaba con una pierna de pollo cuando mi papá dijo:

—¿Qué creen? Los de la televisora Teleprisa me acaban de llamar al consultorio. Quieren filmarme luchando.

—¡Es una gran noticia! —dijo mamá, a quien se le iluminó la cara.

—Pero eso no es todo: quieren que el encuentro sea con El Inodoro Mortal, el luchador más poderoso de todos los tiempos. Desean una lucha de máscara contra cabellera y, si gano… —interrumpió un momento su discurso para masticar un trozo de pollo.

—¿Qué pasaría, papá? —me comía la impaciencia.

—Nuestra vida entera cambiaría.

Mi papá se quedó con el tenedor suspendido en el aire y la mirada fija en el infinito. Quizá se imaginaba convertido en una estatua de bronce en la plaza principal del pueblo, las piernas bien plantadas, la capa ondeando y su máscara refulgente. El monumento mediría cuatro metros de altura y las palomas desviarían su vuelo para no cagar sobre su manto. En el pedestal, un nombre: *El Enmascarado de Lata* y una leyenda: "Puso su fuerza y su destreza a los pies de la humanidad".

¿Dónde quedábamos mi mamá y yo en esa fantasía? La volteé a ver. En esos momentos estaba con su mandil y su pelo aplastado. Me la imaginé vestida de lujo, con un chal de lentejuelas y peinado de salón. Se la pasaría todo el día pintándose las uñas y jugando barajas con sus amigas. ¿Y yo? ¿Cómo cambiaría mi vida el hecho de que mi papá le ganara al Inodoro Mortal y se volviera famoso? Si El Enmascarado de Lata lograba abatir al rival más poderoso de todos los tiempos, entonces, quizá nos mudaríamos a la capital, a una casa con jardín y perro y, lo mejor de todo: me cambiarían de escuela y atrás quedarían Álvaro, Ricardo, Marifer y todos mis problemas.

Me fui a mi cuarto a dibujar toda esta historia: mi papá luchando, ganando el encuentro y nosotros mudándonos de casa, escuela y transformados por el éxito. Conforme iba trazando los cuadros, mi estado de ánimo empezó a cambiar de color, igual que las pálidas páginas de mi cuaderno de dibujo.

Un robo

◆ La mañana siguiente amaneció soleada y hermosa. Sentí nuevos bríos y me subí al camión que me llevaba a la escuela con cierto optimismo. Mi compañero de asiento era Lalo, un niño enclenque y tímido, al cual era muy difícil sacarle las palabras. Ambos éramos víctimas de la banda de Álvaro, pero ni eso nos había unido. No me caía mal, pero un muro de humillaciones nos separaba. Sin embargo, ese día me animé a hablarle:

—¿Qué onda, Lalo? ¿Hiciste la tarea de matemáticas?

—Sí —me miró con desconfianza, creyendo que se la iba a pedir.

—Yo la hice —me apresuré a decirle— pero me costaron trabajo los quebrados. ¿Tú crees que algún día necesitaremos saber cuánto resulta de dividir 3/4 entre 1/8? ¿Algún día tendremos la necesidad de fraccionar tan minúsculas porciones? ¿Será de vida o muerte saber el resultado?

—A lo mejor trabajamos en una pastelería y tenemos que partir un pastel —se aventuró a decir, inseguro.

—No seas bruto, ¿cómo crees que un cliente va a pedir 3/18 de un pan?

Lalo se quedó callado, supongo que algo ofendido. Pero yo me sentía contento y más aún cuando en clase de matemáticas saqué un sobresaliente en los quebrados, y eso quc los odiaba. Llegó el recreo y suspiré de antojo, porque iba a hacer cola en la tiendita para comprar unas chatafritas. Estaba plácidamente recargado en un árbol cuando noté que, como cada día, le tocaba a alguna de las víctimas de Álvaro hurtar la mejor torta. Como yo no había traído ninguna, ni me preocupé. Pero advertí un barullo extraño que provenía del salón, un corillo de excitación. Casi me atraganto cuando descubro el porqué de tanto alboroto: Lalo había esculcado mi mochila y encontró los dibujos que hice la tarde

anterior. Los sacudía ante las narices de Ricardo, Álvaro y Marifer, que leían las historietas y se reían estrepitosamente. Con las mejillas ardiendo, me fui corriendo hacia ellos con la intención de arrebatárselos, pero no pude.

—¿Ya vieron los delirios de este loco? —se reían a carcajadas.

—Ahora resulta que su supuesto padre va a ser ídolo de televisión.

—¡Ssshhh¡ ¡Ssshhh!, oigan esto: este infeliz se va a volver rico y va a cambiarse a una escuela muy elegante, lejos de esos "desalmados abusivos" que resulta somos nosotros.

—Y escucha esto, Marifer —reveló Lalo, totalmente envanecido por su triunfo —según su ridícula tira cómica, cuando sepas que es rico, te vas a enamorar de él.

—Ni loca, ni aunque fuera el último niño del planeta —remató Marifer, mirándome con asco.

—Espérate, espérate, eso no es todo: aquí dice que, cuando caigas rendida, él te va a despreciar por interesada.

Más risas. No pude detener las lágrimas de vergüenza, debilidad pública que me condenaría, además, a ser catalogado de "mariquita".

—Déjenlo —se dizque apiadó de mí Ricardo —como siempre, como todo es mentira, nada cambiará su aburrida vida.

—¡Al contrario! —grité, dominando los sollozos —ahora sí se darán cuenta de que nunca he mentido. Esta vez se van a comer sus palabras.

—Bueno, está bien —respondió Álvaro—, pero si estás tan seguro puedes apostar cualquier cosa, ¿no?

—¡Cualquiera!

—¿Como volverte nuestro esclavo todo el siguiente año escolar?

—¡Claro!

—¿Como darme todos los días tu torta? ¿Como confesarle a todo el mundo que te mueres por Marifer?

—Sí, sí. Pero si yo gano ustedes deberán rendirme honores y Marifer tendrá que ser mi novia —les volteé la tortilla.

—Va —aceptaron todos. Sólo Marifer se quedó callada, pero tampoco se negó.

De regreso a casa, en el camión de la escuela, otra vez tuve que compartir asiento con la última persona que quería ver: Lalo. No hubo manera de cambiarme de lugar, porque todos estaban ocupados. No me pude contener y le dije:

—Eres la dieciochoava parte de un hombre. El resto de las fracciones que te componen demuestran que eres un cobarde —lo insulté tan elegantemente que no me entendió.

El combate

◆ Mi papá y yo marcábamos los días que faltaban para el combate en un calendario que regalaba la carnicería La Chuleta. Él se estaba preparando en el gimnasio horas extras y yo veía su musculatura hincharse y marcarse día con día. Cualquier maestro podía dar clases de anatomía señalando los bíceps y los cuádriceps que se movían bajo su piel.

Por fin llegó la fecha del encuentro entre El Enmascarado de Lata y El Inodoro Mortal. Mi papá estuvo todo ese día en el gimnasio, así que me fui con mi mamá a la Arena Guamazo y nos sentamos en los lugares que siempre estaban reservados para nosotros.

El Enmascarado de Lata hace su aparición con la música de *La guerra de las galaxias*. El público entero se pone de pie y lo ovaciona. Tres cámaras de televisión siguen sus movimientos muy de cerca, manipuladas por sendos hombres sentados en carritos parecidos a grúas. Todos los asistentes aúllan más de lo acostumbrado porque saben que están siendo grabados e inmortalizados por la pantalla chica. Mi papá alza las manos, exultante, y se coloca en una esquina del ring con actitud provocadora.

A continuación, las bocinas del lugar escupen un ruido nauseabundo: se escucha el remolino del agua de un excusado y todos sabemos que El Inodoro Mortal está por irrumpir en el recinto. Así es: un hombre moreno, muy fuerte, ataviado con unas botas con la forma inconfundible de un

WC y una larga cabellera negra camina con desplantes de ídolo. Da unos cuantos pasos por el pasillo central de las butacas y simula vomitar a los espectadores.

El clamor en respuesta a la agresión horada los oídos de los presentes. No alcanzo a distinguir a Álvaro ni a su banda entre el público, pero estoy seguro de que están ahí, sentados y golpeando como yo el piso con los pies, bam, bam, bam, aullando: "Enmascarado, Enmascarado, Enmascarado".

Los dos gladiadores ya están cara a cara. Para cada uno de ellos el encuentro representa un triunfo diferente: para El Inodoro, la oportunidad de ratificar su título, para El Enmascarado, el primer paso hacia la gloria nacional. El encuentro es encarnizado: patadas voladoras bombardean cara y cuerpo de

El Enmascarado, pero éste resiste impasible, estremeciéndose un poco por los ramalazos. Un piquete de ojos mal intencionado de El Inodoro, hace que el público rechifle, pero los reflejos de El Enmascarado evitan el punzante dedo y rueda graciosamente hasta encaramarse en una esquina del ring. De un salto aterriza sobre la panza de El Inodoro, sacándole el aire y dejándolo lívido por unos segundos. El público apoya totalmente al técnico, y el rudo se enardece ante el abucheo. De color pálido, el villano pasa al rojo furia y aplica una *llave australiana*. Yo estoy afónico de tanto gritar, no me escucho entre el griterío, pero mi papá va muy bien y logra abatir a su rival aplicándole una certera *rana* que a El Inodoro le arranca algunos ayes de dolor. El Enmascarado de Lata gana la primera caída.

Las cámaras de televisión nos enfocan y todos le sacamos la lengua al lente y aullamos como locos. Los combatientes sólo tienen ese respiro para recuperar fuerzas y ya El Inodoro le da un cabezazo a papá que le saca sangre y le cubre de roja ignominia su máscara dorada. Un ¡Ooooh! se escapa de todas las gargantas, menos de la de mi papá, quien se queda como ido, cegado por su propia sangre. Tratando de recuperarse, El Enmascarado intenta lanzarse con furia contra su rival, pero falla en el lance. El Inodoro aprovecha para hacerle un *crotch* y dejarlo de espaldas, tendido sobre la lona. En la segunda caída, El Inodoro domina el encuentro.

Estoy nerviosísimo, con ganas de irme de allí y esperar el desenlace en las afueras de la Arena, pero estoy como atornillado a mi butaca, sudando frío.

En la tercera caída, el técnico trata de aplicarle al rudo todos sus golpes, pero éste resiste y logra zafarse con maestría. Por fin, El Enmascarado de Lata le aplica un *látigo*, preámbulo de su famosa llave la *abrelatas*. Todos pensamos

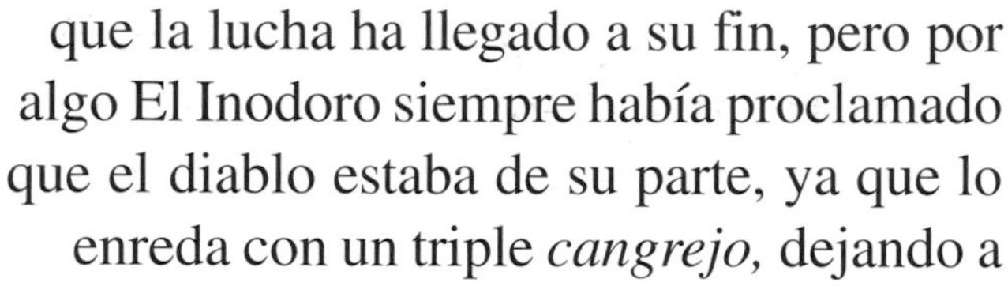

que la lucha ha llegado a su fin, pero por algo El Inodoro siempre había proclamado que el diablo estaba de su parte, ya que lo enreda con un triple *cangrejo,* dejando a El Enmascarado de Lata postrado e irremediablemente vencido.

Sin poder dar crédito a mis ojos, veo cómo el réferi levanta la mano de El Inodoro, declarándolo ganador. A continuación, el vencedor se inclina sobre el derrotado y le arranca la máscara de un tirón. La cara de mi padre, agotada y llorosa, se exhibe ante los mil quinientos pares de ojos que llenan la arena. Hincado junto al rostro de mi padre, quien le susurra algo al oído, el réferi escucha atento para después anunciar a todo pulmón a través de su micrófono: "El Enmascarado de Lata dice ser Juan Alvarado, pedicurista de profesión".

El día después

◆ Después de perder una guerra, lo que uno quiere hacer es taparse con las cobijas, dormir siete meses y despertar en otro planeta. Yo, por supuesto, no tenía esa opción. Debía levantarme e ir a la escuela. Logré inventar un gripón para no ir a clases al día siguiente de la derrota de mi papá. Me unté vaselina en los párpados, causándome una fuerte irritación en los ojos y un abundante moqueo. Había entre esas lágrimas falsas una que otra de verdad. Ya en cama, intenté ver televisión y comerme un sándwich que me llevó mi mamá, pero las imágenes de Álvaro, Marifer y sus secuaces me perseguían y aparecían en las caricaturas, en el té de manzanilla y hasta dentro de las sábanas.

Después de su fracaso, mi papá regresó a casa vapuleado y triste, pero al día siguiente él sí se fue a trabajar. Yo lo evadí porque francamente no tenía ganas de verlo y, menos aún, de consolarlo. Estaba furioso con él. Él perdió ante las cámaras de televisión, pero yo había perdido mi escaso prestigio ante toda la primaria y quizá también en la secundaria, que era un público más despiadado que el que asiste al espectáculo de la lucha libre.

¿Que si le tenía miedo a mis condiscípulos? Pues sí. Pero como dicen: "No hay plazo que no se cumpla", yo tuve que ir, tarde o temprano, a clases y afrontar las burlas de mis archienemigos.

Logré escabullirme más o menos en algunas clases, pero en el recreo no encontré ningún rincón para ocultarme. Así que tragué saliva cuando vi que Álvaro y Marifer se me acercaban junto con otros niños en montón.

Sin decir nada, le tendí a Álvaro mi lonchera, como

para darle a entender que sabía que, a partir de entonces, mi obligación era ofrecerle mi torta sin chistar. Álvaro la tomó, pero no dijo nada. La primera en hablar fue Marifer.

—¡Tenías razón! —me dijo la niña, contentísima—. ¡Tu papá sí es El Enmascarado de Lata! Realmente ganaste la apuesta y no le debes dar a él tu torta.

—Oye —me preguntó un Álvaro súper amable— ¿y conoces a otros luchadores?

—¿Me podrías conseguir un autógrafo de tu papá? —me preguntó otro más.

Y así, poco a poco, se fue formando un grupito a mi alrededor que no se burló de mí y que me interrogó sobre la vida de mi papá. Quizá percibí un poco de lástima en la mirada de Marifer. De cualquier modo, no iba a hacer valer la apuesta; ser novio de Marifer por obligación no me sabía a nada. Nadie ocultaba la admiración que sentían por el héroe vencido. Yo desperté algo de interés durante ese recreo, aunque sólo fuera por ser el hijo de un ex enmascarado.

El callo

◆ La cosa no pintó tan mal en la escuela, pero en mi casa sí. Mi papá siguió su vida como si nada hubiera pasado y mi mamá tampoco pareció muy mortificada. El sábado siguiente a la derrota, me encontraba encerrado en mi cuarto, dibujando. Mi papá había ido a su consultorio porque era el día en que le llegaba más clientela. Escuché unos toquidos en mi puerta. Era mamá.

—Hijo, se me olvidó llevarle a tu papá el recibo del teléfono que tiene que pagar hoy. Date una carrerita a su trabajo, ¿sí?

Me paré con desgana. Lo que menos quería era acercarme a la cuadra donde tenía su consultorio, pero órdenes eran órdenes.

Tomé el papel y caminé con lentitud. El día estaba muy hermoso. Había pequeñas nubecitas alargadas como bastones de azúcar. El sol me empezó a calentar la cabeza y la nariz, que estaba un poco fría. Llegué al pequeño local de mi papá, donde ya había un cliente husmeando en la vitrina, algo indeciso… Al volverse, ahogué un grito: era El Inodoro Inmortal vestido, como dicen, de civil, con playera y pantalón.

Tocó el timbre y yo esperé, escondido, atrás de él.

Mi padre salió y el rostro plácido se le convulsionó cuando vio a su enemigo.

—¿Qué haces aquí? ¿Quieres seguirme humillando? —le gritó, perdiendo la calma.

—No, quiero que me cures una uña enterrada —respondió El Inodoro, con un tono sumiso y dulce.

Se quitó el zapato y, como una bandera de la paz, agitó su dedo gordo del pie.

—Siéntate en el taburete —suspiró mi padre, con el aplomo del profesional que sabe reconocer un caso difícil cuando lo ve.

Entonces, al ver a mi padre concentrado y cuidadoso, haciéndole un servicio a su archirrival, ya no me sentí avergonzado de él. Mi papá, después de todo, no puede hacerlo todo, ni saberlo todo, ni ser bueno en todo. Y comprendí que, ya sea fuera o dentro del ring, con o sin máscara, mi padre es, de algún modo secreto y conmovedor, un héroe. ◆

LAS AVENTURAS
del HIJO del
ENMASCARADO de LATA
¡DALE DURO PAPÁ!
¡GRACIAS PÚBLICO AGRADECIDO!
CLAP
CLAP
¡CUIDADO!
¡SOPAS!
¡GRACIAS POR DISTRAERLO!

¡HIJO, AYUDA!
SANTA CACHUCHA...
...DAME EL PODER EN LA LUCHA!
¡PAO!
¡YO TE SALVARÉ PAPÁ!
¡YIAIKS!
¡TUNK!
¡BLAMO!
¡GRACIAS HIJO MIO!
¿PUEDO LLAMARTE CUANDO ESTÉ YO EN PELIGRO?
¡CLARO CAMPEÓN!
FIN

Índice

El enmascarado de lata
de Vivian Mansour, núm. 177,
de la colección *A la orilla del viento*,
se terminó de imprimir en los talleres de Impresora
y Encuadernadora Progreso, S.A. de C.V. (IEPSA),
Calzada de San Lorenzo núm. 244; 09830, México, D. F.
durante el mes de julio de 2005.
Tiraje: 5 000 ejemplares.